DREAMWORKS

LA CASA DE MUÑECAS DE GABBY

Visita familiar gati-perfecta

Adaptación de Pamela Bobowicz

ISBN 978-1-339-04372-2

10 9 8 7 6 5 4 3 2 1   24 25 26 27 28

Printed in the U.S.A.   40

First Spanish printing, 2024
Book design by Salena Mahina and Two Red Shoes Design

Scholastic Inc.

¡Hoy nos visitaron los primos de Floyd! A Floyd le encanta que lo visiten. ¡A mí también! Sus primos son adorables.

La entrega para la Casa de Muñecas de hoy está cubierta de chispitas. ¡Vamos a abrirla para ver qué hay dentro!

¡Pastelitos de gatitos! Se parecen a Pastelillo. ¡Deben ser los primos de Pastelillo!

Pastelillo ha estado planeando la visita de sus primos. Me parece que se avecina una fiesta de chispas.

¡Es hora de reducirnos!

Pancito, Hojaldre, Mazapán y Pequeño Pastel,
¡bienvenidos a la Casa de Muñecas!

¡Los pastelitos de gatitos están emocionados por ver a Pastelillo!

—Nada mejor que una visita de pastelitos de gatitos —dice Pastelillo.

Pastelillo tiene una lista de cosas divertidas para hacer con sus primos.

Primero, vamos a la Sala de Música para ver a DJ Musicat.

—¡Encantados de conocerte! —dicen los primos.

—Pastelillo me dijo que hay una canción que les gusta mucho —dice DJ Musicat.

—¡"El viejo MacDonald"! —dicen los primos.

Pastelillo tiene una bolsa con animales de granja. ¡Eso hará que la canción quede chispitástica!

Mientras los primos cantan, Pastelillo saca un cerdito de la bolsa. *¡Oinc!*

Entonces, Pequeño Pastel mete la mano en la bolsa de Pandy Patas y saca un sándwich. ¿Cómo suena un sándwich?

—Cuando me como un sándwich, la boca me suena *chom, chom* —dice Pandy Patas.

¡El nuevo sonido hace que la canción quede aún mejor!

Luego vamos a la Sala de Manualidades a pintar con Bebé Caja.

—Se me ocurrió que pintáramos nuestras golosinas favoritas en esta hoja —dice Pastelillo.

Hay pinceles especiales para todos. ¡Pero los primos empiezan a pintar por su cuenta!

Riegan pintura por toda la hoja. ¡Pastelillo no sabe dónde van a pintar sus golosinas favoritas!

Se me ocurre una idea. Uso uno de los pinceles para conectar los puntos. ¡Así formo una dona! ¡Mi golosina favorita!

Pastelillo y los primos añaden huellas de chispitas.

Pandy Patas pinta una cuña de pastel. Hojaldre añade huellas de arándanos.

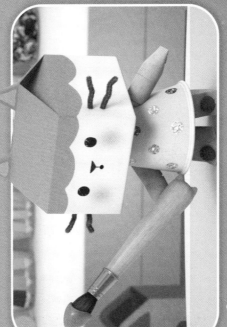

Pintamos un montón de golosinas coloridas conectando los puntos... ¡y así inventamos una nueva manera de pintar!

Bebé Caja pinta un helado de banana. ¡Los primos lo vuelven chispitástico!

Todo el mundo está listo para la merienda. Es hora de ir a la cocina.

Pastelillo tiene preparado un plato de fruta para que hagamos brochetas de fruta.

Pero a los primos se les ocurre otra gran idea. ¡Autos de fruta!

La hora de la merienda no marcha como Pastelillo la planeó. Respiramos hondo. Entonces a Pastelillo se le ocurre una idea.

—¿Quién quiere ayudarme a montar una pista de carreras con tallarines? —dice.

¡Que comience
la carrera!

—¡Aquí vienen
los corredores!
—digo cuando
doblan en la
última curva—.
¡Bien hecho!

Ahora todos pueden disfrutar la merienda.

Para la última actividad, vamos al cuarto para que Gato Almohada nos cuente un cuento.

Pastelillo pide un cuento sobre un lugar especial llamado la Isla de Pastelillo.

Los primos de Pastelillo piden una historia con vikingos, un sándwich y mucho pastel de arándano.

—A mis primos se les ocurren muchas ideas geniales —dice Pastelillo—. ¿Puedes contarnos un cuento con todas esas cosas?

¡Claro que Gato Almohada puede hacerlo!

En el cuento, todos somos vikingos y zarpamos en un sándwich rumbo a la Isla de Pastelillo.

Entonces vemos que algo flota en el agua. ¡Vamos a ser atacados por pasteles de arándano!

Un helicóptero en forma de dona viene a rescatarnos y nos lleva a la Isla de Pastelillo. ¡Uf!

—¡Vaya! Qué cuento tan genial, Gato Almohada —dice Pastelillo.

—¡Esta fue la visita más chispitástica de todos los tiempos! —dice Pancito.

Pastelillo está impaciente por que sus primos vuelvan a hacerle la visita.

¡Ha sido una visita familiar gati-perfecta!